P
O
H
ピクニクに
いいところ
ルーがあそぶ
すなば
うち
ウサギの
うち
プー クマの
うち
六本マツ
ゾゾをとる
プーしき おとしあな
コブタの
うち
モモンガーが
いなかったところ
おおみずの
でるところ
ぼく と シェパード

はじめてのプーさん

プー あそびを はつめいする

A.A.ミルン ぶん　E.H.シェパード え
石井桃子 やく

岩 波 書 店

小川《おがわ》は、森《もり》のはずれに流《なが》れつくまでに、だいぶん大《おお》きくなっていましたので、もう川《かわ》といってもいいくらいでした。そして、一人《いちにん》まえの川《かわ》であってみれば、まだ若《わか》かったころのように、流《なが》れながら、かけたり、はねたり、キラキラ光《ひか》ったりはしません。川《かわ》は、ゆっくりと流《なが》れました。川《かわ》には、じぶんのゆくさきが、ちゃんとわかっていたからです。そこで、「いそぐことはないよ。いつかは、つくさ。」と、こうかんがえていたのです。

けれども、森《もり》の、もっと高《たか》いところを流《なが》れている小川《おがわ》たちは、見《み》るものが、あんなにたくさんあるのに、まにあわなかったらたいへんと、みんな大《おお》いそぎで、いっしょうけんめい、あっちへ流《なが》れたり、こっちへ流《なが》れたりしました。

「外《そと》の世界《せかい》」から森《もり》へ、山道《やまみち》が――大通《おおどお》りくらいもある山道《やまみち》が通《つう》じていました。けれども、この山道《やまみち》は、森《もり》の入《い》り口《ぐち》で、その川《かわ》をこさなければなりませんでした。で、そのこすところに、木《き》の橋《はし》が――道《みち》とおなじくらい広《ひろ》い、木《き》の橋《はし》がかかっていました。橋《はし》のりょうがわには、木《き》の手《て》すりがついていました。

クリストファー・ロビンは、もしやろうとおもえば、ちょうど手《て》すりのいちばん上《うえ》の段《だん》に、あごをのせることができました。でも、それより、いちばん下《した》の段《だん》へのつかって、うんとからだをのりだし、ゆっくり下《した》を流《なが》れる川《かわ》をながめるほうが、ずっとおもしろいとおもいました。プーも、もしやろうとおもえば、ちょうどいちばん下《した》の段《だん》のところへ、あごをのせることができました。でも、それより、橋《はし》の上《うえ》へじかに寝《ね》ころんで、頭《あたま》を手《て》すりの下《した》へつっこみ、ゆっくり下《した》を流《なが》れる川《かわ》をながめるほうが、ずっとおもしろいとおもいました。ところが、コブタやルーになると、このふたりが、ちょっとでも川《かわ》を見《み》ようとすれば、寝《ね》ころぶよりしかたがなかったのです、ふたりは小《ちい》さくて、いちばん下《した》の段《だん》にもとどきませんでしたから。

そこで、みんながいつも、寝《ね》ころんで川《かわ》をながめると……川《かわ》はゆっくり、みんなの下《した》を流《なが》れていきました。べつに、先《さき》をいそぐわけはなかったのです。

ある日《ひ》、プーは、ぶらぶら、橋《はし》のほうへ歩《ある》いていきながら、マツボックリの詩《し》をひとつ、つくろうとしていました。なぜかというと、マツボックリは、あれ、あのとおり、プーのまわりじゅうにころがっていて、プーは、つい、うたいたくなってしまったのです。そこで、マツボックリをひとつ、ひろいあげると、よくよくながめてから、こういいました。

「これは、ひじょうにいいマツボックリだ。なにかうまい文句《もんく》が、でてきそうなもんだ。」

けれども、プーには、なんにもおもいつけませんでした。

ところが、そのうち、きゅうに、こんなのがうかびました。

小《ちい》さいマツの木《き》

ふしぎの木《き》

フクロはわたしの
　木《き》だといい
カンガもあたしの
　木《き》だといい

「なんてのは、だめだなあ。」と、プーはいいました。「だって、カンガは木《き》になんかすまないもの。」

ちょうどこのとき、プーは橋《はし》のところにきていまし

た。けれども、足《あし》もとに気《き》をつけなかったものですから、なにかにつまずくと、手《て》にしていたマツボックリが、ポンととびだして、川《かわ》のなかへおちてしまいました。

「いやァんなる！」そのマツボックリが、ゆっくり橋《はし》の下《した》へ流《なが》れていってしまったとき、プーはこういって、もうひとつのマツボックリを――こんどは、なにか、いい文句《もんく》のついているのをひろおうとおもって、でかけました。けれども、そのうち、そんなことはやめて、川《かわ》をながめていよう、という気《き》になってしまった、というのは、その日《ひ》は、そういう、のんびりした日《ひ》だったのです。そこで、プーが寝《ね》ころんで川《かわ》をながめると、川《かわ》はゆっくり、プーの下《した》を流《なが》れていきました……すると、きゅうに、プーのマツボックリも、いっしょに流《なが》れてくるではありませんか。

「これは、おかしいぞ。」と、プーはいいました。「ぼくは、あれをあっちがわへおとしたのに、こっちがわへやってきたぞ！　また、やったら、また、でてくるかな？」

そこで、プーは、マツボックリを、もっとたくさんひろいにでかけました。

すると、やっぱり、でてくるのです。なんどやっても、でてくるのです。それから、プーは、二つ、いっしょにおとしてみて、どっちが先《さき》にでてくるかとおもって、橋《はし》からのりだして見《み》ていました。すると、かたっぽが、先《さき》にでてきました。けれども、りょうほうともおなじくらいの大《おお》きさだったので、先《さき》にでてきたのが、プーが勝《か》てばいいとおもったほうのマツボックリか、それとも、もうかたほうのマツボックリか、プーには、はっきりわかりませんでした。そこで、こんどは、大《おお》きいのをひとつ、小《ちい》さいのをひとつ、おとしてみると、大《おお》きいほうは、プーがそうなるといったように、先《さき》にでてきて、小《ちい》さいほうは、プーがそうなるといったように、あとからでてきました。だから、プーは、二ど勝《か》ちました……というようなわけで、お茶《ちゃ》をのみに家《いえ》へかえるまでに、プーは三十六回勝《かいか》って、二十八回《かい》まけました。ですから、勝負《しょうぶ》は……つまり、この勝負《しょうぶ》は……ほら、三十六から二十八ひくでしょう？それだったんですよ。その逆《ぎゃく》じゃなくてね。

そして、これがプーの発明《はつめい》し、またプーやその友《とも》だちが、いつも森《もり》のはずれで、してあそんだという「プー棒投《ぼうな》げ」のはじまりでした。でも、みんなは、区別《くべつ》がつけやすいというので、マツボックリのかわりに、棒《ぼう》をつかってあそびました。

さて、ある日《ひ》のこと、プーとコブタとウサギとルーは、いっしょに「プー棒投《ぼうな》げ」をしてあそんでいました。みんなは、ウサギの「さあ！」という声《こえ》を合図《あいず》に、棒《ぼう》をなげて、それから、大《おお》いそぎで橋《はし》のはんたいがわにかけつけました。そしていま、橋《はし》からのりだし、だれのが先《さき》にでてくるかとまってい

百町森へようこそ!

Winnie the Pooh 90th

はじめてのプーさん

A. A. ミルン 文　E. H. シェパード 絵　石井桃子 訳

新しい装丁で1話ごとに楽しめるクマのプーさんのお話.
石井桃子さんの名訳をそのままに刊行いたします.

○5・6歳から

プーのはちみつとり

くいしんぼうのプーさんは，青い風船につかまって，ハチにばれないようにミツをとろうと大ふんとうします.

イーヨーのあたらしいうち

雪のふる日，イーヨーのためにイエをたてることを思いついたプーとコブタは，ぴったりの棒をみつけます.

プー あそびをはつめいする

プーがコブタやウサギといっしょに，川に棒を投げてあそんでいたら，上流からイーヨーがながれてきました.

A5判 上製／48頁 本体各1000円　　装丁　重実生哉

岩波書店

もっとプーさんを読んでみたい方へ

岩波少年文庫　クマのプーさん　プー横丁にたった家

A. A. ミルン作　E. H. シェパード絵　石井桃子訳

詩人ミルンが子どものために書いた傑作ファンタジーをペーパーバックにおさめました．

小B6判 並製
254頁 本体680円／288頁 本体680円

クマのプーさん プー横丁にたった家

A. A. ミルン作　E. H. シェパード絵　石井桃子訳

すべてのお話を1冊で読みたい方はこちら．1962年刊行以来のロングセラー，ハードカバー版．

22.3×16cm 上製 函入／402頁　本体2100円

絵本 クマのプーさん

A. A. ミルン文　E. H. シェパード絵　石井桃子訳

『クマのプーさん』『プー横丁にたった家』から3つのお話を選んだ楽しい絵本．

25.5×19.5cm 上製／78頁　本体1300円

クマのプーさん Anniversary Edition

A. A. ミルン作　E. H. シェパード絵　石井桃子訳

美しいカラーイラストとシックな装丁でお贈りする，刊行80年記念版．プレゼントにも．

A5判変型 上製／148頁　本体2600円

クマのプーさん全集　おはなしと詩

A. A. ミルン作　E. H. シェパード絵
石井桃子，小田島雄志，小田島若子訳

プーさんのお話とともに，ミルンの幼い息子が主人公の2冊の詩集もおさめた初めての全コレクション．

A4判変型 上製／432頁　本体7600円

定価は表示価格に消費税が加算されます．2016年9月現在るところです。けれども、その日《ひ》、川《かわ》は、とてものんびりしてしまって、ゆきつくところへ、ついてもつかなくても、どっちでもいいや、というつもりらしかったので、棒《ぼう》はなかなかでてきませんでした。

「ぼくのが見《み》えるぞ！」ルーがさけびました。「ああ、見《み》えないや。なんか、ちがったもんだった。コブタ、きみの見《み》える？　ぼく、ぼくのが見《み》えるとおもったらね、ちがってたんだ。ほら、きた！　ああ、こなかった。プー、きみの見《み》える？」

「いや。」と、プーはいいました。

「ぼくの、きっと、ひっかかっちゃったんだね。」ルーはいいました。「ウサギ、ぼくのひっかかっちゃったの。コブタ、きみのひっかかっちゃった?」

「いつでも、こっちでかんがえるよりは、ながくかかるものなんだよ。」ウサギがいいました。

「どのくらいかかるとおもう?」と、ルーがききました。

そのとき、プーがきゅうに、

「コブタ、きみのが見《み》える。」

「ぼくのは、ちょっとうす黒《ぐろ》っぽいやつ。」と、コブタはいいましたが、おちるとこわいので、あんまりのりだして見《み》ませんでした。

「そうだ、そういうのが見《み》えるんだ。ぼくのほうのがわへやってくるぞ。」

ウサギは、じぶんのはまだかと、いっそうからだをのりだしました。すると、ルーも「でてこい、でてこい、棒《ぼう》、棒《ぼう》、棒《ぼう》!」とからだをもんで、はねたりするので、コブタはすっかりあがってしまいました。なにしろ、コブタの棒《ぼう》だけが見《み》えるのですし、そうだとすると、これは、コブタの勝《か》ちなのです。

「そら、くる!」プーがいいました。

「きみ、ほんとにぼくの?」コブタは、夢中《むちゅう》になって、キイキイ声《ごえ》でいいました。

「ああ、だって、うす黒《ぐろ》いもの、大《おお》きくって、うす黒《ぐろ》くって……ほら、きた! とっても大《おお》きくって、うす黒《ぐろ》い――あぁ、ちがった。そうじゃないや、イーヨーだ。」

そして、流《なが》れでてきたのが、イーヨーでした。

「イーヨー！」と、みんなが、さけびました。

四本《ほん》の足《あし》を空中《くうちゅう》に突《つ》きたて、おちつきはらい、威厳《いげん》あるようすで、イーヨーは橋《はし》の下《した》からあらわれました。

「あれ、イーヨーだっ！」と、ルーは、すっかりびっくりしていいました。

「おや、そうですか。」と、イーヨーはいうと、小《ちい》さい渦巻《うずまき》にまきこまれて、ゆっくり三どまわりました。「わしは、だれかとおもったら。」

「きみも仲間《なかま》へはいってたの、ぼく、知《し》らなかったよ。」と、ルーがいいました。

「わしは、はいっとらん。」イーヨーがいいました。

「いったい、きみ、そこで、なにやってるんだね、イーヨー。」ウサギがいいました。

「ウサギさん、三どであててごらん。地面《じめん》に穴《あな》をほっとるのかな？　ちがった。カシの木《き》の枝《えだ》から枝《えだ》へと、とびうつっとるのかな？　ちがった。だれかが川《かわ》からひっぱりあげてくれるのをまっとるのかな？　あたった。ウサギには、いつも時間《じかん》をやりさえすりゃ、それでよろしい。やつは、きっとあてる。」

「だけど、イーヨー。」と、プーはすっかりかなしんでしまいました。「ぼくたち、どうやれば――ぼくたち、どういうふうに――あのね、ぼくたち――――」

「そうじゃ。」とイーヨーはいいました。「その三つのうち、ひとつが適当《てきとう》な処置《しょち》じゃろう。すまないなア、プーさんや。」

「ぐるぐる、ぐるぐる、まわってるよ。」と、ルーが、すっかり感心《かんしん》して、いいました。

「まわっちゃ、わるいかね?」イーヨーが、そっけなくいいました。

「ぼくだって、およげるから。」と、ルーがじまんすると、「だが、ぐるぐるは、まわれまい。このほうが、ずっとむずかしいんじゃや。わしは、きょうは、ちっともおよぎたくはなかった。」と、イーヨーは、ゆっくり回転《かいてん》しながら、いいました。「しかし、いったん水《みず》にはいってじゃ、もしもわしが右《みぎ》から左《ひだり》へと――いや、あるいは、」と、もう一つの渦巻《うずまき》にまきこまれながら、イーヨーはいいかえました。「気《き》のむくままに、左《ひだり》から右《みぎ》へと少《すこ》しばかり旋回運動《せんかいうんどう》をおこなったと

て、だれのおせっかいもうけまいぞ。」
みんながかんがえこんでしまったので、しばらくのあいだ、あたりはシーンとしました。が、そのうち、プーが、
「ぼく、ちょっとおもいついたみたいなんだけど……きっとあんまりいいおもいつきじゃないね。」
「わしも、そうおもう。」と、イーヨーがいいました。

「いえよ、プー。きこうじゃないか。」

と、ウサギがいいました。

「あのね、みんなで石《いし》だのなんだの、イーヨーのかたっぽへほうりこむんだ。そうすると、石《いし》で波《なみ》がたつだろ？　それで、その波《なみ》で、イーヨーが岸《きし》へぶちあげられるだろ？」

「そりゃ、ひじょうにいいおもいつきだ。」と、ウサギがいったので、プーは、また元気《げんき》になりました。

けれど、イーヨーは、

「ひじょうに！」といいました。「ぶちあげられたくなったら、プーさんや、お知《し》らせするからな。」

「でも、もしかひょっとして、イーヨーにあたっちゃったら？」心配《しんぱい》そうに、コブタがいいました。

「それとも、ひょっとして、あたらなかったら？」と、イーヨーがいいました。「いざ、これで、ゆっくり楽《たの》しもうというまえにはな、コブちゃんや、あらゆる場合《ばあい》をかんがえてみなけりゃならんのさ。」

でも、もうそのとき、プーは、これより大《おお》きいのはもてないというような、大《おお》きな石《いし》をひろってきて、りょうほうの前《まえ》足《あし》でおさえながら、橋《はし》からのりだしていました。

「イーヨー、ぼく、投《な》げないで、おとすからね。」と、プーは説明《せつめい》しました。

「そうすれば、きっとあたるから――いや、あたりっこないから。ちょっと少《すこ》し、ぐるぐるまわるの、やめてくれないかなあ。ぼく、頭《あたま》が、ぐらぐらしちゃうもの。」

「いや。」と、イーヨーはいいました。「わしは、まわるほうがすきじゃ。」

　ここで、ウサギは、じぶんがさいはいをふるべきときだと感《かん》じました。

　そこで、

「さ、プー。ぼくが、『さ！』といったら、石《いし》をおとすんだ。イーヨー、ぼくが、『さ！』といったら、プーが石《いし》をおとすからね。」

「知《し》らしてくれて、すまないな。だが、ウサギさん、いわれずとも、わしにはわかりましょうよ。」

「だいじょぶか、プー。コブタ、もう少《すこ》しプーの場《ば》所《しょ》をあけて。ルー、もうちょっとさがるんだ。いいか、みんな?」

「いや。」と、イーヨーがいいました。

「さ!」と、ウサギがいいました。

プーは、石《いし》をおとしました。大《おお》きなしぶきがあがって、イーヨーの姿《すがた》は消《き》えました。

それは、橋《はし》の上《うえ》の見物人《けんぶつにん》たちにとっては、心配《しんぱい》なひとときでした。みんなは、目《め》をこらして、いつまでもいつまでも見《み》ていました。そのうち、コブタの棒《ぼう》が、ウサギの棒《ぼう》より少《すこ》し

先《さき》にでてきましたが、このことさえも、わたしたちがかんがえるほどには、みんなを喜《よろこ》ばせてはくれなかったのです。そうして、とうとう、プーが、これはどうしてもじぶんが、このおもいつきを実行《じっこう》するのに、まちがった石《いし》か、まちがった日《ひ》を選《えら》んでしまったにちがいあるまい、とかんがえはじめたとき、なにかうす黒《ぐろ》いものが、川《かわ》の岸《きし》にチラと見《み》えてきました。そして、それは、だんだん大《おお》きくなってきたかとおもうと……やがて、これがイーヨーになりました。

わっとさけんで、みんなは、橋《はし》からかけおりると、イーヨーのまわりにたかって、押《お》したり、ひっぱったりしました。そして、まもなく、イーヨーは、またかわいた土《つち》の上《うえ》に、みんなにかこまれて立《た》っていました。

「あれ、イーヨー、きみ、ぬれてる!」コブタが、イーヨーにさわりながらいいました。

イーヨーは、からだをブルブルッとふるうと、ながいあいだ、水《みず》のなかにいると、どういうことになるか、だれかコブタに説明《せつめい》してやってくれまいかといいました。

「プー、でかしたよ。」と、やさしくウサギがいいました。

「ぼくらのおもいつきは、成功《せいこう》したね。」

「なにが成功《せいこう》したと?」と、イーヨーがききました。

「ああいうふうに、きみをぶっちあげたこと\さ。」

「なに、わしをぶっちあげたと?」イーヨーはびっくりしていいました。「わしをぶっちあげたと? まさか、おまえ、わしをぶっちあげたとおもっとるんじゃあるまいね? わしは、もぐったんじゃ。プーが、わしのむねの上《うえ》へ、大《おお》きな石《いし》をおとしおったから、むねをひどくうたれてはたいへんと、わしはもぐって、岸《きし》までおよぎついたんじゃ。」

「きみ、ぶつけやしないさ。」コブタは、こうささやいて、プーをなぐさめました。

「ぼくも、ぶっつけたつもりはなかったんだ。」と、プーは心配《しんぱい》そうにいいました。

「あんなこというの、イーヨーのくせなんだよ。」と、コブタはいいました。「きみのおもいつき、とてもいいおもいつきだったと、ぼくおもうよ。」

プーは、また少《すこ》し安心《あんしん》しはじめました。なぜかといえば、とても頭《あたま》のわるいクマの身《み》になってごらんなさい。ときに、なにかかんがえついたとしても、そのかんがえが、じぶんのなかにあるうちは、とてもいいかんがえらしく見《み》えながら、いったん、あかるみにもちだされて、みんなにながめられてみると、まったくちがったようすになってしまうことがあるのです。けれども、とにかく、イーヨーは、まえには、川《かわ》のなかにいたのに、いまは、いません。だから、プーは、べつにわるいことをしたわけではないのです。

「きみ、どうしておちたんです？」ウサギは、コブタのハンカチで、イーヨーをふいてやりながら、たずねました。

「わしは、おちん。」

「でも、どうして――」

「わしは、はねとばされたんじゃ。」

「ああウ」と、ルーは、夢中《むちゅう》になっていいました。「だれかが、つっついたの？」

「だれかが、はねとばしたんじゃよ。わしは、川《かわ》の岸《きし》で、かんがえごと――といっても、おまえがたにわかればだが――をしとった。と、そのとき、ドンとばかり、わしは、はねとばされた。」

「ああ、イーヨー！」と、みんながいいました。

「たしかに、すべったんじゃないんですね？」ウサギは、ぬけめなくききました。

「もちろん、わしは、すべった。川《かわ》のすべっこい土手《どて》のうえに立《た》っていて、うしろから、だれかが、さわがしくはねとばしたとしてみなされ、こりゃ、すべるだろ。おまえさん、わしが、どうしたとおもいなすったね?」

「でも、それ、だれがしたの?」ルーがききました。

イーヨーは、返事《へんじ》をしませんでした。

「ぼくは、トラーだとおもう。」コブタが、おちつかないようすでいいました。

すると、プーが、

「でもね、イーヨー、そりゃ、いたずらかね。それとも、なにかのひょうし? あの、つまりね――」

「プーさんや、わしは、とっくりかんがえちゃみなかったのさ。川《かわ》のどん底《ぞこ》へついたときさえ、わしは、とっくりとかんがえちゃみなかった、『これは、はたしてあくどいいたずらか、それとも単《たん》なる物《もの》のひょうしか?』とはな。わしゃ、上《うえ》まで浮《う》かびあがって、『ぬれた！』とおもったんじゃ。といったところで、そのいみが、おまえにわかればだが……」

「で、トラーはどこにいた？」ウサギがききました。

ところが、そのとき、イーヨーが答《こた》えるより早《はや》く、みんなのうしろで、大《おお》きな音《おと》がしたかとおもうと、木《き》のあいだからあらわれでたのが、ほかでもない、トラーでした。

「やア、みんな、こんちは。」トラーは、元気《げんき》にいいました。

「やア、トラー。」と、ルーがいいました。

ウサギは、きゅうにとてもえらくなってしまうと、おもおもしい調子《ちょうし》で、

「トラー、たったいま、どんなことがあったね？」

「たったいつさ？」トラーは、ちょっとそわそわしていい

ました。

「きみが、イーヨーを川《かわ》んなかへはねとばしたときだ。」

「ぼく、はねとばさないよ。」

「はねとばしたぞ！」イーヨーが、おこっていいました。

「ほんとに、はねとばしやしないさ。ぼく、せきをしたんだよ。そのとき、ぼく、ちょうどイーヨーのうしろにいたんだ……それで、ぼく、『ゲゲゲゲエップシュウ！』っていったんだ。」

「なぜ？」といいながら、ウサギは、コブタを助《たす》けおこし、ほこりを払《はら》ってやりました。「だいじょうぶだよ、コブタ。」

コブタは、ビクビクしたように、

「ぼく、不意《ふい》をうたれちゃったんだ。」

「わしが、はねとばしというのはそれなんじゃ。」と、イーヨーがいいました。「ひとの不意《ふい》をうつ……ひじょうに不愉《ふゆ》快《かい》なくせじゃ。わしは、トラーが森《もり》にいることについては文《もん》句《く》はいわん。森《もり》は大《おお》きい。はねっかえる場《ば》所《しょ》は、いくらでもあるじゃないかい。それをなんとおもうて、わしのすんどるような、せまい横丁《よこちょう》までやってきて、はねっかえるのか、わしにゃわからん。わしの横丁《よこちょう》に、なんかすばらしいことでもあるようじゃないか。そりゃ、もちろん、日《ひ》あたりの悪《わる》い、ジメジメした、みすぼらしい場《ば》所《しょ》のおすきなかたにとっちゃ、ちょっとばかり格別《かくべつ》なところかもしれん。が、さもなくば、ただの横丁《よこちょう》じゃ。だれかが、はねっかえりたいというなら……」

「ぼく、はねとばしたりなんかしないよ。せきしたんだよ。」と、トラーがおこっていいました。

「はねとばしといい、せきといい、川《かわ》の底《そこ》へいってみりゃ、おんなじこっちゃ。」

そこで、ウサギが、

「それじゃ、」と、いいました。「ぼくの意見《いけん》は――ああ、クリストファー・ロビンがきた。あの人《ひと》に、ぼくの意見《いけん》、いってもらおう。」

クリストファー・ロビンは、森《もり》から橋《はし》のほうへやってきました。とてもはればれと、のんきな気分《きぶん》で、十九かける二がいくつだって、どうでもいい――ほんとに、そういう日《ひ》には、どうだってよくなってしまうものですからね――という気《き》も

ちになり、橋《はし》のいちばん下《した》の横木《よこぎ》にのっかって、からだをのりだし、ゆっくり下《した》を流《なが》れてゆく川《かわ》をながめたら、わからなくてはいけないことは、きゅうになにもかもわかってしまって、そうしたら、プーに――よくわからないことのあるプーに話《はな》してやれる、などとかんがえながらやってきたのでした。ところが、橋《はし》のところまできて、動物《どうぶつ》たちが、みんなそこに集《あつ》まっているのを見《み》ると、きょうは、そんなふうな日《ひ》じゃなくて、べつなような日《ひ》――なにかしたくなる日《ひ》なんだ、ということがわかりました。

「つまり、こんなことになっているんですよ、クリストファー・ロビン。トラーがね――」と、ウサギがはじめました。

「ぼく、しないよ。」トラーがいいました。

「ともかくも、わしは、このありさま。」と、イーヨーがいいました。

「だけど、わざっとじゃなかったんだろ。」と、プーがいいました。

「しょうがないのさ。生《う》まれつき、はねっかえりなんだもの。」コブタがいいました。「じぶんじゃ、どうにもならないんだ。」

「ぼくのこと、はねとばしてごらんよ、トラー。」ルーがいっしょうけんめいいいました。「イーヨー、トラーがね、ぼくのこと、やってみるって。コブタ、きみ――」

「まあ、まあ、まあ。」と、ウサギがいいました。「みんないっしょに話《はな》してもわからない。問題《もんだい》はだ、クリストファー・ロビンが、どうかんがえるか――」

「ぼく、せきしただけなんだ。」と、トラーがいうと、

「はねとばしおったわ。」と、イーヨーがいいました。

「うん、そりゃ、少《すこ》しはせっきんしたさ。」と、トラーがいいました。

「しっ！」と、ウサギが手《て》をあげていいました。「クリストファー・ロビンが、どうかんがえるか、それが、だいじなことなんだ。」

「そう……」いったい、なんのことか、よくわからなかったのですが、クリストファー・ロビンはいいました。

「ぼくはね――」

「ええ。」と、みんながいいました。

「ぼくはね、みんなで『プー棒投《ぼうな》げ』したら、いいとおもうんだよ。」

そこで、みんなは「プー棒投《ぼうな》げ」をしました。

そして、それまで、一どもやったことのなかったイーヨーが、いちばん勝《か》ったのです。

それから、ルーは二ど、川《かわ》へおちました。一どはわざとでなく、二どめはわざと。というのは、きゅうにカンガのやってくるのが見《み》えたものですから、どっちみち、おしおきをされなくちゃならないとおもったからです……そこで、ウサギが、ルーたちといっしょにかえろうといって、かえると、そのあとから、トラーとイーヨーがいっしょにかえりました。というのは、イーヨーは、どうしたら「プー棒投《ぼうな》げ」に勝《か》てるかということを、トラーに話《はな》してやりたかったのです。

「つまり、こう、キュッとひねって棒《ぼう》を投《な》げるんじゃがね、トラーさんや、おわかりかな?」というように……


さて、そのあとで、橋《はし》の上《うえ》にのこったのは、クリストファー・ロビンとプーと、コブタでした。

ながいあいだ、三人《にん》はだまって、下《した》を流《なが》れてゆく川《かわ》をながめていました。すると、川《かわ》もまた、だまって流《なが》れてゆきまし

た。川《かわ》は、このあたたかい夏《なつ》の午後《ごご》、たいへんしずかな、のんびりした気分《きぶん》になっていたのです。

「トラーは、わるいやつじゃないんだよ、ほんとは。」ものうげな調子《ちょうし》で、コブタがいいました。

「もちろんさ。」と、クリストファー・ロビンがいいました。

「だれだって、そうだよ、ほんとは。」と、プーがいいました。「ぼく、そうおもうんだ。でも、まちがってるかもわからない。」

「もちろん、まちがってやしないさ。」と、クリストファー・ロビンがいいました。

A. A. ミルン　1882-1956
イギリスの詩人、劇作家。ロンドン生まれ。ケンブリッジ大学では数学を専攻したが、文筆家になろうという決心は変わらなかった。風刺雑誌「パンチ」の編集助手をつとめ、自らも大いに筆をふるった。1924年、幼い息子を主人公にした詩集『クリストファー・ロビンのうた』が大成功をおさめ、2年後に代表作『クマのプーさん』が誕生するきっかけとなった。

E. H. シェパード　1879-1976
ロンドン生まれ。絵の才能にめぐまれ、奨学金を得て、ロイヤル・アカデミー(王立美術院)で学ぶ。雑誌「パンチ」で活躍し、編集委員となる。ミルンの作品につけたすばらしい挿絵は、ロンドンのミルン家や田舎の別荘を何度も訪問して、念入りに描いたスケッチから生まれた。

石井《いしい》桃子《ももこ》　1907-2008
埼玉県生まれ。編集者として「岩波少年文庫」「岩波の子どもの本」の創刊に携わる。『クマのプーさん』『ちいさいおうち』『たのしい川べ』をはじめ訳書多数。著書に『ノンちゃん雲に乗る』『幼ものがたり』『幻の朱い実』など。

装丁・ロゴデザイン　重実生哉

POOH INVENTS A NEW GAME

Text by A. A. Millne
Illustrations by E. H. Shepard

First Japanese edition published 1983,
this redesigned edition published 2016
by Iwanami Shoten, Publishers, Tokyo
by arrangement with
Tony Willoughby, Nigel Urwin, Rupert Hill and John Peter Tydeman
as the Trustees of the Pooh Properties
c/o Curtis Brown Group Limited, London
through Tuttle-Mori Agency, Inc., Tokyo.

はじめてのプーさん
プー あそびをはつめいする
A. A. ミルン文　E. H. シェパード絵

2016 年 9 月 28 日　第 1 刷発行

訳　者　石《いし》井《い》桃《もも》子《こ》

発行者　岡 本　厚

発行所　株式会社 岩波書店
〒101-8002 東京都千代田区一ツ橋 2-5-5
電話案内 03-5210-4000
http://www.iwanami.co.jp/

印刷・半七印刷　製本・牧製本

ISBN 978-4-00-116006-2　Printed in Japan
NDC 933　46 p.　22 cm